LIBERTÉ — AUTORITÉ

ARTHUR PONROY.

NOUVELLE VISITE
AU LION DE LUCERNE
ET A
S. M. HENRI V, ROI DE FRANCE

> « Et au dix-neuvième
> » On gravera d'un grand prince cinquième
> » L'immortel nom sur le pied de la croix. »
>
> Michel nostre Dame, *Centurie* XI, S. 38.
> Mars 1555.

PRIX : 50 c.

PARIS
E. DENTU, éditeur, galerie d'Orléans, Palais Royal.

POITIERS
DAUVIN, rue des Halles.

LIMOGES
CHAUMONT, place Royale.

TOULOUSE
DELBOY PÈRE, 71, r. de la Pomme.

BORDEAUX
DELAPORTE, 8, allées de Tourny.

sublime entêtement à juger les hommes d'après vous, et à leur prêter avec tendresse l'auréole de vos vertus ;

Vous qui n'avez jamais erré que par une confusion presque sainte entre le doux idéal que l'imagination caresse, et le vrai plus rude que l'observation affirme et que la sévérité régente ;

Vous m'avez écrit, il y a six mois, une de ces lettres, comme le zélateur dévoué d'une doctrine n'en reçoit pas deux dans sa vie. Cette lettre, elle a fait éclater en transports la très-tendre et très-mâle estime que vous m'avez inspirée. Cette lettre inondée de larmes sans fard, et tout particulièrement sans faste, presque amère à force de se répandre en loyaux reproches ; presque cruelle à force d'éclater en magnifiques invectives ; cette lettre qui est le premier cri de justice et de repentance arraché aux agonies de notre temps ; cette lettre que vous m'adressez, me dites-vous, comme le dû de ma patience, comme l'unique signe d'honneur souhaité par mon ambition méprisante, vous permettez que je la publie ; mais je ne le ferai qu'à l'heure où, par quelque sérieux service rendu à mes convictions et à ma déplorable patrie, je pourrai me croire digne d'avoir reçu d'un homme tel que vous un si précieux témoignage.

Cependant, j'en citerai ici les dernières lignes, afin de fixer à l'avance le caractère de la réponse que j'y fais.

Vous me dites en terminant :

— « Honte à moi et au demi-siècle d'erreurs qui

pèse sur ma triste vie ! Je viens de voir, dans l'occasion la plus haute, la plus grande, la plus solennelle que pût jamais souhaiter une idée, la République et les républicains à l'œuvre. J'ai trop vu, j'ai vu de trop près ; la colère m'a pris, le dégoût aussi. Or, vous que j'ai cru si longtemps la dupe d'une illusion généreuse, recevez le tardif hommage de ma confusion qui demande grâce. Triomphez tout à votre aise ; et si vous le jugez opportun, allez déposer ma foi, mon respect et mon amour aux pieds du prédestiné que déjà vous appelez le roi de France ; et dites-lui bien que, n'ayant jamais compris la République que comme un idéal d'intelligence, de force et d'honnêteté, je me sens heureux de saluer en lui les vertus qui viennent de faire à la République un si lamentable, un si manifeste défaut ! »

Eh bien ! ami très-cher et très-vénéré, pensez-vous que, chargé par vous d'une telle mission, ce ne fût pas pour moi un devoir de me hâter de la remplir ?... surtout quand j'entendais dire de toutes parts que le noble et vaillant prince venait d'arrêter encore une fois ses pas d'exilé volontaire dans le poétique voisinage de ce même lion de Lucerne, en cette chère Helvétie catholique, où vous m'envoyâtes il y a dix ans — il vous en souvient — étudier les institutions républicaines !

Eh bien ! les institutions républicaines, en France, vous venez de les voir, et vous les voyez encore à l'œuvre. Vous dites que cela vous fait horreur et pitié. Je le crois sans peine ; mais comme je ne sais pas en France un républicain plus honnête, plus doux, plus grave, plus spirituel, plus patriote, plus libéral, plus droit, plus désintéressé que celui qui me fait l'honneur de m'écouter en ce moment, il me semble bien qu'à l'heure où vous abdiquez entre mes mains quoiqu'indignes; qu'à l'heure où vous me chargez d'aller porter au roi de France votre hommage, c'est qu'il n'y a plus de République; c'est que la République n'existe plus, c'est que ce monstre dont la tête branlante sue l'intrigue, et dont la queue fangeuse ruisselle de sang, a rendu son dernier soupir par l'absence des vertus mêmes que vous demandiez à la République : intelligence, force, honnêteté.

Or, je le répète à dessein, la République, c'est vous; parce qu'il n'y a pas, parce qu'il ne saurait y avoir de républicain au monde meilleur que vous. De la République, du moins de la seule que veulent connaître les gens de bien, vous avez été l'essence, le symbole, la droiture, la pureté. Mais ayant compris enfin que, dans un pays monarchiquement établi depuis vingt siècles en lutte incessante, organique, et même constitutionnelle de rivalités et de préséance, la République n'est autre chose qu'une porte anarchiquement ouverte aux désorganisés qui tentent de tuer l'organe en s'en emparant, vous n'en voulez plus, vous désarmez, vous abdiquez. Il en résulte donc qu'en effet, par vous qui êtes, au premier chef, intelligence et honnêteté, c'est la République qui désarme, c'est la République qui abdique, se sentant noblement vaincue, entre la monarchie qui reprend la tête de tout par l'intelligence, par l'honnêteté, par la force MORALE, en attendant mieux ; et l'anarchie, queue infernale de tout, qui vient de tuer la République en la démontrant sans cesse en butte au crime, au pétrole et à l'incendie.

Eh bien ! cher et vaillant maître, comme il ne s'agissait que de faire quatre cents lieues, de passer les Alpes où il neige, pour aller porter au roi de France l'abdication de cette République sage et grave qui fut la vôtre, vous savez bien que je ne pourais pas y manquer ! Je suis donc parti avec une joie immense et sereine, me mettant en route pour vous obéir, comme je le fis il y a dix ans.

Et puis, d'ailleurs, puisque vous voilà des nôtres maintenant; puisqu'à l'heure où les légitimistes de petit aloi, les légitimistes à cocarde, les légitimistes irréfléchis font la moue et tournent le dos, les républicains austères nous reviennent avec la plus sincère loyauté ; vous vouliez savoir, n'est-ce pas, ce qu'est devenu aujourd'hui le brillant prince dont je vous esquissai, il y a dix ans, la sympathique et intelligente physionomie ?

Vous vouliez savoir quelle trace d'éclairs, quels signes de vie et de grandeur ont pu laisser dans ces yeux si mâles, sur ce front si royal, les étranges et merveilleuses inspirations du manifeste de Chambord. Vous vouliez savoir si sur cette face auguste, dans ce cœur qui se révèle, dans cette majesté qui vient d'accomplir sur le théâtre du règne une si grandiose entrée... il y a signe de repentir ou de prochaine défaillance. Vous qui m'avez souvent parlé de mon flair, vous vouliez savoir ce que me diraient les pas, les gestes, les allures, les airs de tête, les tristesses ou les sourires de ce grand personnage que les galopins de lettres s'amusent à l'avance à proclamer romanesque et légendaire.

Eh! petits cuistres, attendez donc un peu que la barbe pousse à votre menton non virginal, et vous aurez tout le temps de le proclamer *légendaire*, quand il aura écrit au moins, avec l'esprit et avec le glaive, les premiers chapitres de sa formidable épopée.

Eh! puis, voyez-vous, mon très-cher et très-bon ami, j'ai pris le chemin de Lucerne, non-seulement parce que j'y suis allé déjà; non-seulement parce que je voudrais toujours être là où il m'est donné de sentir la présence d'une œuvre faite à côté d'une œuvre à faire; non-seulement parce que je crois à quelque chose d'étrangement fatidique entre les aspects de ce lion qui est si grand, et de ce roi qui va grandir; je suis allé à Lucerne non-seulement parce que j'avais à porter au chef prédestiné de la France nouvelle l'hommage, la foi, l'abdication de la République, mais aussi parce que, soldat dévoué de sa cause, c'est pour moi le plus impérieux comme le plus sacré des devoirs d'aller sans cesse au devant des indications, des ordres, des injonctions que peut commander la discipline.

Vous ne l'ignorez pas, cher ami, j'ai eu le bonheur insigne entre tous de me battre pendant les bons jours, et de répandre mes enthousiasmes pendant que le roi s'exilait de lui-même une seconde fois, laissant à Chambord une trace que réservera pieusement l'histoire.

Je me suis battu de mon mieux pour l'honneur de la grande doctrine et du pur drapeau. Je n'ai quitté le combat qu'à l'heure où je n'avais plus ni armes, ni munitions, et où je restais seul sur l'arrière d'un pauvre navire disparu dans la tourmente.

C'est peut-être moi qui ai eu tort. Je devais sans doute charger mon chassepot avec de la sciure de bois et tirer tout de même — ne fût-ce que pour le principe — sur les cocardiers en déroute réfugiés dans le sein de M. Thiers, et tout prêts à lui demander qui une ambassade, qui une préfecture, qui une grimace, qui un sourire, qui la doucereuse caresse dont se contentent les ambitions à peine écloses, récemment issues de leur coquille, hérissant le duvet de leur tête, et adressant un appel suprême au père nourricier qui les élève et les récompense de *leur sagesse*, par l'histoire de celle dont toute sa vie leur offre l'exemple !

Oui, repoussant avec dédain les tronçons de mon glaive brisé, j'aurais pu monter sur une borne et y appeler les passants pour les contraindre à rendre témoignage que ce n'était pas moi qui retirais le pied et tournais le dos; je ne l'ai pas fait; mais comme, à l'extrême rigueur, il était possible qu'on supposât de ma part une défaillance que j'aurais tenue moi-même pour une insigne lâcheté, j'ai dû aller au devant du blâme et faire comprendre, en le bravant, que je n'en redoutais pas l'atteinte.

Vous qui me connaissez bien, ami vrai, âme droite, fière et réservée, vous savez si je suis allé jamais au devant de la louange ; vous savez si j'ai souhaité jamais les ivresses d'une popularité menteuse et pleine de grossiers mirages ; vous savez que ce n'est pas à ces sortes de festins que cherche à s'asseoir ma gourmandise ; mais vous savez aussi qu'à l'heure où la haine, le soupçon, l'injure me font des signes, je suis toujours heureux, moins de les suivre que de les devancer.

Je vous en dois donc le sincère aveu : je ne suis pas allé à Lucerne seulement pour dire au roi que le meilleur, le plus grave, le plus sérieux des républicains demandait à se convertir.

Je ne suis pas allé non plus à Lucerne pour adresser à l'auteur du manifeste de Chambord l'injure d'un doute offensant sur la persévérance de ses sentiments si hautement, si magnifiquement déclarés.

Je ne suis pas non plus allé à Lucerne pour y entendre disserter sur la fusion, ou y contempler la piteuse figure de quelques députés ridicules venant implorer à mains jointes quelque absurde compromission.

Je ne suis pas allé non plus à Lucerne pour y plonger dans les eaux vives du lac des quatre cantons quelque benêt échauffé, osant indiquer dans sa pharmacie l'élixir grotesque et insolent de *l'abdication*.

Mais je suis allé à Lucerne parce qu'ayant pris

en face du manifeste de Chambord une attitude particulière, attitude qui a produit dans l'espace de moins d'un mois l'interruption violente de l'œuvre de publicité qui s'était fait l'organe de cette attitude, il m'a semblé opportun que je fusse là, dans le cas où cette attitude aurait pu être méchamment traduite, aveuglément dénoncée, incriminée avec déraison, dénaturée avec perfidie.

En pareille matière, ne voulant être ni l'espion, ni le dénonciateur, ni l'accusateur, ni le calomniateur de mon parti, je n'ai jamais ni à parler le premier, ni à me plaindre. Je n'ai ni récriminations, ni blâmes, ni accusations à faire peser sur qui que ce soit au monde; mais ayant eu une arme brisée entre les mains, pour quelque raison que ce soit ou que ce puisse être, je n'admets pas qu'on puisse m'incriminer de ce dommage fait à mon parti, à mes convictions les plus chères; je suis homme à suivre docilement jusqu'au bout du monde ceux qui pourraient être tentés de m'imputer la faute par eux commise; et si je ne veux être nulle part pour les accuser, j'ai la prétention d'être partout à côté d'eux s'il s'agit de leur répondre.

Je m'explique plus amplement, excellent ami, non-seulement pour vous qui suivez depuis vingt-cinq ans les évolutions de ma pensée, mais pour les honnêtes gens, les précieux amis inconnus qui, depuis déjà de longs mois, me font l'honneur extrême de demeurer en communion incessante avec mes enthousiastes espérances.

Ce n'est pas d'hier que je suis dévoué aux intérêts du roi de France, et de la superbe doctrine qui fait sa force et fera sa gloire. Ce n'est pas d'hier que je brave avec arrogance l'impopularité qui s'attache en France à tout ce qui est grand et vrai. Ce n'est pas d'hier que je me complais dans un isolement à peu de chose près absolu, entre les émietteurs d'idées, les arrangeurs de doctrine, qui tentent de planter dans le vent qui passe l'assiette illusoire des vérités de convention, des talents d'occasion, et des caractères de pacotille. Avec une patience sinon héroïque, du moins exemplaire, voilà bientôt un quart de siècle que je crois au renouveau du grand, du vrai, du juste, des principes purs, des idées riches, des talents mâles, des caractères droits. Ce renouveau merveilleux, ce renouveau salutaire, depuis que je le connais, depuis que je l'entrevois, depuis que je le confesse et l'aime, je n'ai pas écrit une page qui n'en racontât l'excellence et n'en formulât les conditions.

Il y a dix ans, maître et ami, quand vous m'envoyiez à Lucerne étudier les institutions républicaines, il m'advint un honneur précieux, une gloire intime et sans faste qu'il m'est impossible de ne pas vous raconter, puisque j'y manquai il y a dix ans.

C'était le soir de ma première présentation au chef de la maison de Bourbon; il venait de nous quitter avec des paroles affectueuses. Le bon, le noble, le sage, l'excellent duc de Lévis, qui était bien l'une des intelligences les plus fines, les plus droites, les plus exquises qu'il m'ait jamais été donné de connaître, le duc de Lévis qui, s'il n'était pas en politique un acteur plein de flamme, était un appréciateur parfait, d'une sagacité inouïe, qui savait unir toute l'autorité du savant à l'aimable bienveillance du vrai grand seigneur, le duc de Lévis venait de m'entraîner dans l'embrasure d'une croisée, et là il me disait de sa voix si grave et si douce à entendre :

— C'est vous qui êtes l'auteur du *Nouvel organe*, une revue que l'on reçoit à Froshdorf, et que l'on y apprécie ?

— Oui, M. le duc, c'est moi-même.

— Vous devez avoir bien peu d'abonnés ?

— Trois cents au plus, M. le duc, je m'en vante.

— Vous êtes dans le vrai de nos doctrines, me dit le spirituel vieillard ; je suis heureux de vous le faire savoir.

— Je le croyais bien un peu, M. le duc, mais je n'oublierai jamais que c'est vous qui me l'aurez dit le premier, et qui m'aurez fortifié dans la voie où je suis si fier d'être entré.

— Ne déviez jamais !... ajouta le très-admirable personnage en me serrant la main; la route pour vous ne sera pas semée de roses, mais le triomphe est au bout, et il n'est que là.

Eh bien ! cher et précieux ami, vous qui savez si j'ai dévié de la voie heureuse que j'ai souvent appelée dans nos conversations intimes *la grande route royale*, vous ne sauriez vous étonner, et nul des braves cœurs, des esprits droits qui me lisent ne s'étonnera , ne pourra s'étonner du sentiment de triomphe qui est venu m'enflammer l'âme à la lecture du manifeste de Chambord.

En le lisant avec une profonde ivresse, ce n'était pas seulement la face douce, sereine et majestueuse de l'exilé de Froshdorf que je voyais devant moi telle que je l'avais vue à Lucerne en 1862 ; c'était aussi la figure grave et spirituelle de l'ami tendre, du serviteur intrépide, du second père ; du vieillard aimable et austère qui m'avait fait l'honneur de me dire que j'étais dans la bonne voie, dans la voie seule destinée à s'ouvrir au grand triomphe.

Et notez bien, je vous en prie, ami, que, pour moi qui me fais un honneur d'être toujours en avant des choses, le triomphe n'est plus à espérer, il est accompli ; il est plein, il est absolu, il est grand comme la race des Rois de France, magnifique comme l'avenir de leur légitime héritier. Il n'y a plus à s'en dédire, et, de même que l'idée juste est antérieure aux faits qui en découlent, de même la base doctrinale du règne de Henri V a pris empire et empire absolu dans les faits de l'intelligence, avant que sa botte royale prenne terre sur tel ou tel point du territoire que Dieu et les Franks ne lui ont pas moins donné qu'il ne se donne aujourd'hui à eux.

Je ne pouvais donc pas, vous en conviendrez, respectueux comme je le suis, et de la grande mémoire du duc de Lévis, et même des trois cents abonnés de feu le *Nouvel organe*, je ne pouvais donc pas, dis-je, ne pas me ruer corps et âme à la rescousse d'un manifeste-Saint-Michel, qui met résolûment le pied sur le corps palpitant de la Révolution expirante ; et qui confirme son acte de force par le plus grand acte de loyauté dont pût s'honorer un prince, salut d'un peuple et leçon des Rois.

Mais vous ne l'ignorez pas, ami, l'*absence des roses* signalée par le duc de Lévis ne pouvait manquer de s'affirmer par la *présence des épines*. Or, si l'*absence des roses* éloigne l'ivresse qu'apportent les parfums, il est non moins assuré que la *présence des épines* irrite, fait crier et commande la représaille ; et je vous laisse à penser avec quel vieux levain de colère grondante, et depuis vingt ans accumulée, je crus devoir me lancer à travers les bandes stupéfaites des hérésiarques de tout poil, des gallicans, des cocardiers, des doctrinaires, des libéraux, des sophistes d'un blanc douteux ou d'un tricolore suspect. Je supporte sans amertume, je l'avoue, l'isolement qui fortifie, les séparations qui désignent, et les méconnaissances qui honorent ; mais quand il me paraît juste et profitable pour mes convictions de rentrer en scène, j'y rentre sans crier gare, et sans ménager les coups qu'il me paraît opportun de distribuer.

Mais quoi !... le danger qu'il ne me semblait pas urgent de redouter pour moi-même, devais-je donc le provoquer de si rude manière, et peut-être appeler préventivement sur mon parti, sur mes amis et, ultérieurement, sur mon œuvre, la pointe du glaive attendue bravement par mes flancs qui ne s'en étonnent guères ?

Et quoi !... s'attaquer à de si gros messieurs, à M. Thiers triomphant, aux évêques plus soucieux de contenter *tout le monde* que *leur père* ; à feu M. de Montalembert qui professait cette doctrine, qu'il n'y a de légitime que ce qui est possible ; à vivant M. de Falloux, sage doctrinaire du tricolore ; aux burgraves de la rue de Poitiers, aux Favre et aux Ollivier recélés par l'Académie... et envoyer, à travers tout ce vilain monde de petits cerveaux, de petits cœurs, de petits esprits, de petits génies..., les éclaboussures de la bombe allumée par le manifeste de Chambord..., quelle audace ! quelle irrévérence !

Dame ! vous comprenez, parfait ami , si j'étais allé trop loin dans cette voie où j'entrais à peine ; si le manifeste de Chambord n'était pas, en effet, le mot d'ordre d'une France nouvelle à instaurer en face de la vieille France de l'intrigaillerie orléaniste, de la gaudriole napoléonienne, ou de la stupidité communarde, il me fallait bien le savoir, pour arriver à repentance ; et vous comprenez que je ne pouvais mieux faire que d'aller offrir à Lucerne mes doigts à quelque férule, à titre de punition d'avoir mal compris, outrepassé, ou dénaturé les inspirations de Chambord.

Car ce manifeste, croyez-le bien, c'est la porte inexorablement fermée sur quatre-vingts ans d'insanités, d'erreurs de tout caractère, de petitesses de toute nature ; fermée sur le ressaut incessant des dictatures scélérates qui s'offrent à tour de rôle à nos terreurs et à nos malaises ; et c'est en même temps la porte magnifiquement ouverte au réveil de toutes les grandes choses, au réveil de la politique, au réveil de l'honneur national, au réveil de la droiture, au réveil de l'initiative personnelle de l'homme, au réveil de la dignité de tous par la présence du droit sévère reconnu, de la liberté retrouvée.

Ce manifeste, croyez-le donc, assurez-vous-en, c'est un formidable coup de balai donné, non pas, comme celui du 2 décembre, à travers des fous par des meurtriers, mais le coup de balai du génie ; non celui qui ensanglante et déshonore, mais celui qui remet à leur place les usurpations séniles, les importances dérobées, les petitesses gonflées, les exacerbations insolentes, qui n'ont fait la décadence que dans le but d'y établir la suprématie de leur niveau.

Nul qui ne sache aujourd'hui que la Révolution de 1789 a été faite par le déchaînement de la canaille, de la canaille des salons, comme de la canaille des ruisseaux, contre les notions les plus élémentaires de la droiture et de l'honnêteté.

Nul qui ne doive savoir aussi que la Révolution de 1830 a été faite par le déchaînement des petits esprits, des petits cerveaux, des petits génies, par les médiocrités impertinentes, les vulgarités de toute sorte aimant mieux décapiter leur patrie, la rapetisser, la livrer, la replonger toute vivante dans l'enfer des révolutions, plutôt que d'y accepter le dû légitime de leur manifeste insuffisance.

En ce temps-là, en effet, un petit monsieur qui se

nommait Adolphe Thiers, et qui était de la pâte dont on fait les chefs de division suffisants, ne tenait plus dans la peau de ses ambitions grondantes; et il trouva bon d'ouvrir la porte à Ledru-Rollin, à Caussidière, à Bonaparte et à Raoul Rigaud, afin de la fermer plus vite sur de Villèle et Châteaubriand, acteurs importuns qui empêchaient de passer ce comparse en insurrection.

Or je dis que, depuis 89, rien n'est demeuré dans les régions officielles qui n'eût une tache d'insuffisance morale, une lacune dans l'honnêteté ; et que, depuis 1830, surtout depuis 1830, rien n'a vécu, rien n'a été, rien n'a surnagé qui, marqué de la tache originelle, ne fût un fruit plus ou moins amer, et aujourd'hui plus ou moins gâté de la médiocrité triomphante, de l'usurpation satisfaite, ou de l'intrigue tantôt grisée de la senteur de son laurier.

Heur donc et triomphe austère au manifeste de Chambord, qui, d'un geste balayant toutes ces ruines, ouvre ainsi à la France nouvelle les portes larges d'un avenir où une jeunesse saine, honnête, confiante et noblement inspirée, saura bien se faire voir, cherchant la splendeur du beau sur la base du vrai, à côté des splendeurs d'un trône où rien ne sentira plus l'usurpation qui se propage, ou la brutale débauche qui, après avoir couronné la crapule, est atteinte par ses rébellions, et qui, après Thérésa qui chante, subit Jules Vallès et Raoul Rigaud qui gouvernent.

LETTRE II.

30 novembre 1871.

Voilà donc, cher et bon ami, dans quels sentiments je me trouvais en arrivant à Lucerne.

J'y arrivai en plein jour, après avoir traversé nos grandes Alpes jurassiques déjà ruisselantes de neige, après avoir posé pour la première fois mon pied sur un sol à peine purgé de la présence d'un ennemi contre lequel le nom *magique* des Bonaparte n'a pas défendu la France.

Doux échos du mois de juin 1862, c'était en vain que je vous parlais ; c'était en vain que je tentais d'évoquer l'air de fête de ces jours heureux. C'était en vain que je cherchais sur les rives neigeuses de ce triste lac, les traces chaudes des dix ou douze mille Français qui s'y étaient hâtés, apportant à leur prince la joie de leur enthousiasme, l'ivresse de leur espérance. C'était en vain que mon âme appelait les tendres amis de ce premier pèlerinage, Victor de Laprade le parfait poète, Veray, le vigoureux statuaire, Véran, le publiciste inflexible dans l'amour de la bonne doctrine; Thibaut, le pauvre photographe légitimiste, qu'une mort cruelle a frappé; la spirituelle comtesse de Mirabeau, qui, en cherchant de modestes succès, a déjà presque trouvé la gloire. Sur ce vaste quai planté d'arbres sans feuillage où j'avais passé avec le vigoureux poète si peu tendre aux *bons Allemands*, de si heureux moments de causerie, je trouvais à peine une voix pour me dire : Il souffre ! — En face de ces hôtels autrefois emportés d'assaut par la foule, une solitude presque sévère; sur tous ces visages de visiteurs peu nombreux, une gravité sombre et préoccupée, et sur la face douce et amicale de ces excellents montagnards helvètes, une tendre et pure expression de respect et de sympathie ; et, il est bon d'en faire la remarque, pendant que messieurs les Prussiens de Berlin se grisaient de nos vins, comptaient nos écus, montaient nos pendules, et se mouchaient dans les drapeaux de l'empire tombé, les Suisses de Lucerne tendaient aux vaincus une main cordiale; et, sans doute émus par quelque farouche écho venu de Strasbourg ou de Mulhouse, ils murmuraient d'une voix ardente, comme si le Gessler prussien eût déjà planté sur une perche son casque grossier :

— C'est un mauvais rêve. Le réveil viendra.

Quelques instants plus tard, c'est-à-dire vers midi de la journée du jeudi 16 novembre, j'étais au Schweizerhof, à la présentation du Prince, attendant, avec une quiétude parfaite et respectueuse, le moment de revoir ce grand personnage que nul n'aborde sans ressentir la mystérieuse influence que toute grandeur vraie impose.

Je ne chercherai point à vous exprimer avec quelle avidité tranquille, avec quelle émotion marmoréenne j'attendais la royale entrevue.

Vous souvenez-vous du cadre heureux des lettres que je vous écrivais en 1862?

Partout je vous signalais la joie de la saison riante, la joie de l'oiseau qui chantait, de la moisson verte encore qui ondoyait sous les calmes brises ; çà et là je voyais sourire les belles filles de la Lorraine qui jasaient à travers les prés; les fiers garçons de l'Alsace qui se seraient si bien pâmés de rire à la menace de devenir Prussiens. Joie en France, joie en Suisse, joie pour les poètes heureux de chanter dans le voisinage de leur Roi; joie aussi pour lui, tout jeune encore, qui se présentait avec son admirable sœur, si fière elle-même de respirer, comme elle le disait, l'air de France.

C'était cela en 1862.

C'était autre chose en 1871.

C'était la honte au front, la colère au cœur que nous venions de traverser la pauvre France, la France étendue sur le lit de la défaite et s'endormant à demi sur l'oreiller de l'anarchie. Ce n'était plus notre fière Lorraine et notre riche Alsace que je venais de parcourir, mais bien le Jura sévère et grand, la saison triste, le froid humide; et, fuyant en quelque sorte la tristesse, je ne pouvais faire un pas sans la retrouver dans le pas nouveau, dans l'absence de tant d'amis, dans le deuil même des souvenirs.

Car ce n'était plus pour sourire, pour chanter ou écouter des vers que nous étions à Lucerne, mais bien pour savourer la tristesse et comprendre la vraie grandeur.

Ce n'est donc plus aujourd'hui l'unique bonheur de se sentir en France, au milieu des siens, qui paraît envelopper la face auguste et toujours sereine de Henri Dieudonné de Bourbon ; et le premier sentiment qu'on éprouve en le voyant paraître, c'est une sympathie sévère, tendre et respectueuse pour cet admirable affligé qui porte à la fois le deuil d'une mère, d'une sœur et d'une patrie. Il a cinquante et un ans révolus, le bon âge, l'âge sacré en quelque sorte pour les vrais missionnaires de la grandeur. Sa face est toujours la même, avec ses belles lignes douces et attrayantes ; le ton des chairs est marqué au signe d'une santé riche et abondante ; les cheveux blonds sont les mêmes ; la barbe est à peine semée de quelques poils gris ; mais l'aspect général du visage a changé. L'œil, si doux et si tendre autrefois, s'est chargé d'éclairs ; tous les signes de force, d'autorité, de décision se sont étrangement accentués ; les gestes sont brefs, prompts, soudains, saccadés. La voix a le même éclat métallique, avec un peu plus de brusquerie dans l'intonation. Quand l'émotion monte à ce visage de Roi, elle y allume tout et se répand comme une flamme. Puis revient, comme par enchantement, la sérénité du sourire ; mais le signe nouveau s'est trahi, le signe magique de la pleine possession, de la pleine révélation de soi-même. Ce n'est plus un prince qui aspire au règne, c'est un Roi qui en a pris possession après en avoir mesuré l'étendue; c'est un Roi qui a compris souverainement sa raison d'être, toute sa raison d'être.

« — Ce qu'il lui faut, vous écrivais-je à vous-même en 1862, c'est une situation régulière, large, épurée, à travers laquelle toute la force de son principe et toute la beauté de son intelligence puissent se développer à l'aise dans la pleine fécondité de leurs mouvements. Ce qu'il lui faut, c'est le grand air, c'est le plein soleil. »

Eh bien ! osez donc dire qu'il ne l'a pas trouvée par la grâce de Dieu, par le poids sinistre du malheur, conquise par l'autorité de son esprit ferme et fier, cette situation régulière, large, épurée, où toute la force de son principe et toute la richesse de son intelligence vont se développer à l'aise dans la pleine fécondité de leurs mouvements ! Osez donc dire qu'il ne s'est pas placé héroïquement, et du premier bond, dans la région du grand air et du plein soleil, et qu'il n'a pas regardé en face, à Chambord, il y a cinq mois, le pur soleil du vrai droit, du vrai honneur, de la vraie puissance ?...

Eh bien ! j'estime, quant à moi, qu'à l'heure où un prince a fait ce pas, ce pas de géant, ce pas de roi, il est impossible que toute sa personne ne porte pas tous les signes certains de cette mâle sévérité qui vient d'accomplir un acte immense, et en médite, sinon de plus grands, du moins de plus marquants, de plus visibles pour le vulgaire, qui ne sent jamais rien, n'apprend rien et n'admet rien que selon le coup qui le frappe, et qui l'enchante et le transporte après l'avoir étonné.

Pas un des gestes de ce roi de France, aujourd'hui, qui ne dise la force, la décision, l'audace, et cette profonde virilité du caractère qui prépare l'acte souverain, après en avoir élaboré pendant quarante ans la méditation sévère.

Pas une de ses paroles qui, empreinte à la fois d'une sérénité toute chrétienne, et même d'une résignation tranquille aux choses qui ne peuvent pas ne pas être, ne porte avec elle la tristesse rude des inexorables nécessités, comme aussi l'éclair d'espérance qui fait en lui l'absolutisme presque surhumain de sa certitude.

Je suis persuadé, mon ami, que le roi Henri ne hait pas le pauvre homme qui, depuis un an, perd la France au jour le jour, en la sauvant soixante fois par heure. Cette âme royale ne sait pas la haine ; si elle connaît le mépris, elle ne le manifeste pas ; et ce n'est pas lui, je vous assure, qui, en conversant de M. Thiers, a prononcé le nom de Fouché.

L'âme du roi est pleine d'indulgence, comme elle est pleine de pitié. Si les paroles qu'il prononce sont marquées au signe certain de la profondeur des vues et de la parfaite sérénité des jugements, rien qui puisse leur enlever le sage voile de réserve et de mesure qui convient à son caractère. Il n'a ni encens, ni louange, ni excuse pour les petites idoles que se fait le vulgaire en ses accès de confiance étourdie ; mais il ne les renverse pas, car il sait bien que de ce soin pieux nul ne se charge mieux qu'elles-mêmes. Il a bien attendu que tombât Bonaparte, il attendra bien que tombe le bénéficiaire d'une catastrophe, qui en triomphe sans la réparer.

Mais que n'était-il donc là, lui, le bureaucrate en insurrection, le paperassier sans idée, le méchant petit homme qui, moins simple qu'il ne cherche à le paraître, sait aussi bien que personne ce qu'il *a l'air de ne pas savoir !* Que n'était-il donc là pour entendre les cris de désespoir de l'Alsace noyée de larmes et indignée, tendant au roi ses mains sanglantes, et lui disant d'une voix éteinte :

— Sire, l'Alsace vous attend; sire, c'est à vos pères que l'Alsace s'est donnée. C'est Condé qui nous a pris ; c'est à Condé et au drapeau blanc que nous avons confié le soin de nos frontières et de notre honneur. C'est Louis XIV qui a fait de nous une des meilleures parts de la France ; c'est Louis XVIII qui nous a protégés contre les sauvages ambitions de Blücher ; c'est Charles X qui nous a permis, un moment, d'entrevoir nos frontières naturelles, élargies et affermies. Sire, du moment que vous serez là, l'Europe ne saurait permettre qu'on outrage vos droits et qu'on entame votre domaine. Nous savons tous parfaitement que si l'Europe a permis les abus effroyables commis par la Prusse, et qui sont le plus grand outrage au droit des gens que jamais ait commis la guerre, c'est en mépris de Bonaparte et en haine de la Révolution. M. Thiers ne l'ignore pas, bien qu'il paraisse l'ignorer ; aussi nous qui tenons plus à nos droits de Français qu'à Bonaparte et à la Révolution, nous venons à vous les mains jointes, la tête couverte de cendres, le cœur brisé, les yeux pleins de larmes, non pas seulement pour vous APPELER, mais bien pour vous supplier de sauver l'Alsace en sauvant la France !

Ami, je n'ai pas été témoin de cette scène sublime ; mais on me l'a racontée, et l'on m'a dit qu'après avoir consolé un moment les gens de l'Alsace qui venaient lui demander l'honneur et la vie, il les avait quittés brusquement en disant à une personne amie :

— Je m'éloigne... ils me fendent l'âme !

Le lendemain, ce fut le tour de Marseille, de la fière cité phocéenne, qui, elle aussi, attend son roi, non pour qu'il lui rende la vie, mais pour que, par elle peut-être, il rende la vie à la France, aux honnêtes gens un modèle, et à l'Europe une lumière.

Et ce n'était rien moins, s'il vous plaît, qu'une députation d'ouvriers, afin qu'il soit dit qu'à l'heure où les grands étonnés se détournent... ce sont les petits qui reviennent, compagnons de la droiture, amis de la force qui crée, de l'audace qui sauve, de l'autorité qui fonde.

Ceux-là, au moins, je les ai vus ; je n'ai pas perdu un cri de leur enthousiasme débordant, pas une caresse de leur loyale et spirituelle faconde. Ils avaient avec eux le très-vigoureux et très-excellent publiciste qui rédige en chef la vaillante *Gazette du Midi*. Ils s'échauffaient, ils péroraient, ils étaient heureux. Ils se voyaient déjà arborant le drapeau qu'ils aiment à tous les édifices de leur capitale ; et il y en avait qui me disaient en grondant tout bas et en se tordant la moustache :

— Ah ! si nous avions pu tous venir !... C'est que l'ouvrier n'est pas républicain du tout, à Marseille ; l'ouvrier n'est pas poseur, à Marseille, envieux, grincheux, haineux, bel esprit, et ne quittant l'enfer de la gouape que pour le paradis de l'Ambigu. L'ouvrier de Marseille n'est pas l'ennemi des riches qui lui font gagner sa vie, et de la richesse qu'il espère. L'ouvrier, chez nous, a du cœur plein la poitrine ; et, dame ! quand on a du cœur, c'est pour aimer, aimer la patrie et l'aider à faire bonne figure dans le monde, aimer le roi, aimer l'honneur, aimer le droit pour tous et chacun, pour les grands comme pour les petits, pour ceux qui possèdent comme pour ceux qui tentent de posséder. Le reste !... et toutes les calembredaines venimeuses que nous débitent les journaux qui se disent populaires, ça ne vaut pas une figue verte, ou la pelure d'une vieille orange !

— Et puis, ajoutait un autre, quel honneur pour notre vaillante ville, si c'était par ses portes d'or que dût repasser un jour la haute fortune de la France ! Que de cocardes non tricolores sur l'oreille des francs Marseillais, que de fleurs au chignon de nos belles filles !... que d'orgueil au cœur fidèle de nos vieux, si c'était la Canebière qui dût faire la leçon au boulevard, et que la révolution vînt mourir au lieu même d'où elle est partie !

— Chien de Paris !... disait un troisième, ça n'aime plus rien que l'odeur du sang et le paysage des ruines. Ce n'est plus un peuple aimable et lettré ; c'est une houle d'insolence que toute vertu irrite, que toute grandeur humilie, et qui, se cachant dans la peur ou se détournant dans l'ivresse, n'a pas même la force de voir le gouffre qui s'ouvre peu à peu sous ses pieds, le gouffre où mugit la décadence, dans le pétrole qui l'alimente en la dévorant !

Le lendemain, cher ami, et pour revenir à un ordre d'idées, où vous attendez que je rentre, je savais tout ce que j'avais voulu savoir. Je pouvais apprécier à leur juste valeur les effets du litige avorté, aussitôt évanoui que conçu, dont j'avais pu un moment concevoir l'inquiétude. Je savais que les timides ne demandaient qu'à se raffermir, les étonnés à comprendre, et les indifférents à se réchauffer. Plus que jamais je retrouvais là la France, toujours prête à se fâcher et à gronder contre tout ce qui la déroute, secoue sa routine et la dérange dans le quiétisme de son inertie, mais aussi toujours disposée à écouter la parole ferme, douce et décisive qui relève ses défauts sans les condamner, et tend sans cesse à noyer les vilaines querelles de personnes dans un rappel intelligent et affectueux à l'œuvre commune, à l'œuvre active et salutaire qu'il s'agit de mener à bien.

Et après quelques bonnes, loyales et franches causeries, j'avais la joie d'écarter absolument le pauvre nuage qu'il m'avait semblé bon de venir braver, en y constatant à peine, comme disent les avocats prétentieux en leurs répliques éloquentes, le *telum imbelle sine ictu*.

Puis j'acquérais la certitude de plus en plus rigoureuse, et d'ailleurs parfaitement prévue, que le roi de France, qui s'est déclaré et proclamé lui-même par le manifeste de Chambord, en fait plus que jamais le mot d'ordre de sa venue, et en quelque sorte l'évangile du règne que sa vaste pensée inaugure.

Et en le revoyant, et en écoutant de nouveau les traits si vifs, si profonds, si fermes, si intelligents et, qu'on me permette l'expression chère aux Marseillais, *si crânes*, de sa conversation rapide, je me sentais de plus en plus disposé à tous les courages, de plus en plus assuré qu'il les a tous, depuis le courage patient qui attend et souffre, jusqu'au courage suprême qui se rue contre la tempête dès qu'il s'agit d'en triompher.

Et remarquez bien, je vous en prie, le cas qu'il faut faire de ce monstre malade et usé que l'on nomme en France l'opinion publique, quand on assiste à des contradictions du caractère de celles que je vais relever ici.

J'ai entendu, et vous aussi, n'est-ce pas, tous les commentaires qui se sont produits et reproduits depuis six mois autour du manifeste de Chambord; et je parle des commentaires décents, des commentaires avouables, des commentaires avec lesquels il est permis de discuter ; et je vous avoue que c'est là peut-être que j'ai trouvé la plus parfaite démonstration et des indigences de l'esprit moderne, et de la parfaite facilité de ses retours.

Le 8 ou le 9 juillet, si ma mémoire est fidèle, quelqu'un m'aborde avec intérêt, et, prenant l'initiative d'une antienne qui devait être reproduite par cent misérables et ridicules journaux, on me dit :

« —En vérité, il faut convenir que le prince que vous nommez votre roi vous fait une bien belle mort. J'ai lu cet étrange manifeste, et je ne crois pas avoir jamais savouré page plus grande, plus sévère et plus virile. Et maintenant, j'espère que vous allez comprendre que le prince qui fait entendre un pareil langage ne songe pas sérieusement à régner. Voyons !... convenez-en ! c'est de cette manière qu'on sort du règne quand on est l'héritier légitime de soixante rois ; c'est de cette manière que l'on rend hommage à la magnificence de leur œuvre et à la noblesse de leur drapeau. Oui, de cette façon-là, on couronne d'une merveilleuse auréole quarante ans de réserve, de patience et de vertu; mais on se suicide en se couronnant. Et maintenant, vous pouvez faire des journaux pour glorifier la fin sublime du roi Henri V ; mais vous devez cesser de proposer son règne à la France; car son règne, n'étant qu'un sublime rêve, s'est évanoui en s'affirmant. »

Et je vous atteste à vous, mon ami, à vous mon vaincu, à vous légitimiste rallié, que l'homme qui me parlait de la sorte n'était ni un sot, ni un drôle, et qu'il croyait avec fermeté à la valeur de son raisonnement.

Cependant, laissez-moi vous le dire, soudainement illuminé par une flamme de colère et de raillerie, je lui posai en souriant le doigt sur le front, et je lui dis :

— Homme de bien et d'intelligence, comment avez-vous voté au 8 mai 1870?

— Parbleu ! me répondit-il, à l'étourdie, j'ai voté oui.

— Très-bien. Vous avez voté pour l'ordre et pour la paix?

— Je m'en vante.

— Et vous avez eu la révolution et la guerre?

— Oh ! certes, je me suis trompé.

— Comme vous vous trompez encore; et vous ne voyez pas plus clair dans le lendemain du manifeste de Chambord, que vous n'avez vu clair dans le lendemain du 8 mai.

Or, mon ami, je vous l'assure, toute la France depuis six mois est la dupe du même mirage. Toute cette bonne France n'a qu'une âme pour crier pardessus les toits la parfaite intelligence et la parfaite loyauté du prince qui l'a reprise. Mais la France est si craintive, si bien pliée à la résignation du mal, si tristement habituée aux fripons et aux insurgés qui la gouvernent depuis quarante ans, qu'elle ne peut pas même se persuader qu'il soit possible à un monarque, homme de sens et homme de bien, de régner sérieusement sur elle.

Ce en quoi la France se trompe et se calomnie elle-même ; et ce n'est pas la perversité qui dicte ses jugements, c'est la faiblesse, c'est l'abaissement du niveau de ses caractères et de ses intelligences.

Et comment veut-on qu'une pauvre nation qui se laisse souiller depuis tant d'années par les St-Arnaud et les Rochefort, les Jules Favre et les Jules Vallès ; qui se laisse outrager par Bonaparte et châtier par Bismark, puisse croire comme cela tout de suite, et quand la fange la souille encore, que le plus haut des justes et le plus parfait des intelligents va se détourner de sa route pour la prendre et la nettoyer !

Cela semble un rêve, et cependant cela est.

On n'ose pas y croire. On admire le révélateur ; on s'éprend de l'homme de bien, mais on s'effraie de l'homme de sens ; on a peur de l'homme d'audace, comme si la sainte et tardive audace du plus pieux, du plus sagace, du plus intelligent, du mieux doué de tous les hommes, était plus à redouter que l'audace du sectaire interlope qui, enfiévré par l'absinthe et dévoré par le pétrole, se laisse voir à la lueur des incendies !

Non, tout cela n'est que petite honte, frayeur vaine, respect aveugle de la routine, entêtement à ne rien comprendre, ou impuissance à rien résoudre. On nie tout pour plus de hâte : le bien qui s'offre, le mal qui menace, et on attend que le mal arrive pour rentrer sous la discipline du bien.

En ce cas-là, qu'on attende ! on n'attendra pas longtemps.

Et de même que l'on convient unanimement aujourd'hui que le manifeste de Chambord est la charte du droit, de l'honneur, de la loyauté, on sera demain en France unanime à reconnaître que le même manifeste est non moins riche de substance que beau de formes heureuses; et que s'il porte dans ses flancs l'idéal qui ravit les âmes, il y porte aussi le salut public qui retrempe les caractères et rassure les intérêts, après avoir réparé les fautes.

Et voilà, cher et brave ami, dans quelles dispositions énergiques, intrépides et absolument confiantes j'ai trouvé le roi Henri V.

Je vous l'ai dit, je le répète à dessein, c'est un caractère où tout se concentre; un cœur où monte la flamme, une fortune qui ne tient ses ailes fermées que pour mesurer mieux le moment de les ouvrir.

Le lundi soir 20 novembre, je revis le roi pour le saluer et lui adresser mes adieux.

— Monseigneur, lui dis-je, tout honteux de ne pas lui donner son vrai titre, je suis bien persuadé que, cette fois, je ne resterai pas dix ans sans vous revoir.

Et il me répondit de sa voix royale, avec une accentuation toute particulière qui donnait à de semblables paroles un caractère prophétique et inspiré :

— Pas dix mois !

Je pourrais terminer là, cher ami, l'histoire de mon

nouveau voyage à Lucerne. J'y suis allé chercher la justification de ma conduite passée et, conséquemment, le mot d'ordre de ma conduite à venir. Jamais, je vous l'atteste de nouveau, je n'ai mis un moment en doute la réalité profonde, intelligente et passionnée des sentiments du prédestiné que Dieu, dans son indulgence, réserve au salut de la patrie. J'étais certain, en allant à lui, de voir ce que j'ai vu, d'entendre ce que j'ai entendu, de rapporter de cette visite lointaine des trésors de foi ravivée, d'amour motivé, d'inspiration accrue; ce n'était donc pas moi qu'il s'agissait de convertir. Mais comme ce n'est pas pour moi que je parle, pas pour moi que j'écris, il était bon et nécessaire qu'en revenant de là-bas je pusse dire aux lecteurs, aux amis qui ont groupé autour de moi leurs sympathies :

— Voici mes raisons de croire, mes raisons de persévérer, mes raisons d'être fidèle au manifeste de Chambord; mes raisons de faire la guerre, une guerre sans merci aux burgraves, aux cocardiers, aux importants sans importance, aux doctrinaires sans doctrine, aux libéraux sans liberté, comme aux socialistes sans société, et aux communards sans commune. Voici mes raisons d'appeler le peu qui reste de légitimistes sensés, et l'énorme masse qu'il y a en France d'esprits indécis mais honnêtes à la création, à l'organisation d'un parti nouveau, vouant ses efforts communs à la régénération de la France par la régénération de l'esprit; un parti qui, émancipé des vieux sédiments de légitimisme isolé, de conservation pourrie, étranger aux grotesques ambitions de barreau et aux puériles coteries littéraires, inaugure enfin en France avec le roi, par le roi, et à côté du roi, la vaste série des restaurations diverses dont la France menacée a besoin.

Ce parti, je vous ai indiqué sa base, je vous ai dit ce qu'il faut qu'il confesse; maintenant, voulez-vous que je vous dise ce qu'il importe qu'il oublie?

Un mot, un vieux mot, un seul mot, rien qu'un mot, mot qui est bon, à condition qu'il ne signifie rien du tout, et qui devient abominable dès qu'il a la prétention de signifier quelque chose.

Les naïfs ou les perfides disent *fusion*, et tout de suite les logiques d'ajouter : ABDICATION.

Je vous assure, mon ami, que ces préoccupations étranges finissent par ne plus être drôles, et irritent par leur persistance.

Le roi n'a de fusion à opérer avec personne. Toute fusion est faite par l'état même du droit en France, où nul n'a pas plus la prétention de nier la qualité des princes français, que de nier la mienne ou la vôtre. Le roi est le roi, les princes sont les princes, les citoyens sont les citoyens, et les princes ne sont pas moins bienvenus quand ils s'approchent du roi, que les citoyens quand ils réclament leur prérogative en acceptant leur devoir.

Pour ce qui est du mot, moins irrespectueux encore que puéril, d'abdication, voici les propres expressions qu'il a inspirées récemment au roi de France, écrivant à un ami de sa cause que son affection éprouvée avait autorisé sans doute à prononcer ce mot en le qualifiant.

Le roi Henri V a écrit :

« J'approuve, mon cher ami, tout ce que vous me
» dites à ce sujet..., mais je ne puis croire que,
» même parmi les hommes qui me connaissent le
» moins, quelqu'un prenne cette idée au sérieux.
» Nul n'a le droit d'ignorer mes sentiments au
» point de me proposer d'abdiquer mon devoir, et
» personne, tenez-le pour certain, *n'osera* me faire
» cette injure...

» HENRI. »

Ainsi, vous le voyez, cher ami, le mot a désormais son enseigne : c'est une impertinence proclamée INJURIEUSE, et une impertinence ne se discute pas dans les salons du roi de France.

Pour vous obéir aussi, j'ai revu le lion de Lucerne, gardé désormais, non plus par l'invalide du 10 août, mais bien par son fils, un brave suisse du 29 juillet 1830, qui déclare à qui veut l'entendre qu'il ne sera heureux qu'à l'heure où il ira planter sur la colonnade du Louvre le drapeau de Charles X.

Le lion de Lucerne, lui aussi, est plus grand que jamais avec les neiges qui le battent et les feuilles jaunes qui pleuvent autour de sa couche géante. Les tristesses de l'hiver lui font une magnifique parure, tant il est vrai que la tristesse ne dépare point ce qui est grand. Au contraire.

Je vous ai dit à peine, cher ami, la dixième partie de ce que j'avais à vous dire, et pourtant il faut se hâter. J'aurais cependant bien voulu vous parler du jeune roi d'Espagne, qui était aussi à Lucerne avec sa charmante épouse, fille de la duchesse de Parme.

J'y reviendrai avec grande joie, tant ma sympathie est profonde pour le malheureux pays qui, après avoir été le soleil du monde, en est réduit à se faire le satellite obscur du plus insolent des rebelles.

Adieu, ami cher et vénéré. Un jour vous m'envoyâtes faire visite aux institutions républicaines, et j'en revins tout parfumé de monarchie.

Hier, vous m'avez envoyé porter à la monarchie la haute adhésion de vos repentirs, je vous avertis que je reviens plus enthousiaste que jamais de ce que promet à la France l'union sévère des monarchistes qui ont compris Henri V, et des républicains convertis qui ont l'honneur de vous ressembler.

Vous me disiez récemment : J'ai revu la république, et je viens vous crier que je n'en veux plus !

Moi, j'ai revu la monarchie, et je vous déclare que j'en veux encore, que j'en veux plus que jamais ; car, au demeurant, je préfère une monarchie qui promet aux gens sensés et prévoyants une magnifique renaissance, qu'une république qui n'a pas même la force d'être et de s'affirmer, en punition des ruines et des désastres de toute sorte accumulés par ses mains ineptes ou criminelles.

Et comprendra-t-on enfin que c'est un scandale

sans précédent dans l'histoire, un crime sans nom, de laisser ainsi un malheureux pays malade, impotent et DÉCLASSÉ, en proie aux hallucinations énervantes qu'entretient en lui la persévérance du PROVISOIRE.

Et qui donc a l'audace insigne de s'imaginer qu'il sauve la France, quand il ne lui permet pas même d'envisager son lendemain sans horreur?

LE PROVISOIRE!! Et penser, et dire que cela dure depuis quize mois, entre les alternatives échevelées de la guerre étrangère accrue de la guerre civile, menant leurs fureurs entre cent actes monstrueux, et autant de répressions sanglantes!

LE PROVISOIRE! ah! certes, la France a fait preuve d'une bien grande force vitale en osant tenir tête, sans gouvernement et sans armée, à douze cent mille Allemands menés par une discipline de fer, et absolument étrangers à toute discipline d'ordre public et de droit des gens.

La France a fait preuve meilleure de vie persévérante, sans doute, en tenant tête à la Commune, aux meurtriers et aux incendiaires.

Mais là où la vitalité française tient évidemment du prodige, c'est qu'elle ait pu résister sans mourir à quinze mois de PROVISOIRE!

Or ça, Messieurs, séchons nos larmes, mais — par grâce — finissons-en.

Poitiers. — Typ. A. Dupré

Bureaux, 19, rue des Basses-Treilles, à POITIERS

LE SPECTRE BLANC

Revue hebdomadaire, politique, religion, histoire, poésie, romans spéciaux, prophéties, chronique de la semaine,

Par M. Arthur PONROY.

PRIX : 12 francs pour un an ; 6 francs pour six mois ; 3 francs pour trois mois.

En payant 5 *fr. pour le trimestre courant, à Poitiers, ou* 5 *fr.* 50 *par mandat de poste, on reçoit immédiatement et* FRANCO *à titre de primes :*

1° **L'ARRIÈRE-BAN DE LA VRAIE FRANCE**, forte brochure in-8° de 120 pages ;

2° **LA PATRONNE DES PARISIENS**, roman historique inédit en librairie ;

3° Le numéro spécimen du **Spectre blanc**, qui commence **L'HERBE D'AUTRUI**, roman en cours de publication.

POUR REPARAÎTRE PROCHAINEMENT :

L'AQUITAINE

Journal du droit et des libertés publiques.

Poitiers. — Typ A. Dupré.

www.ingramcontent.com/pod-product-compliance
Ingram Content Group UK Ltd.
Pitfield, Milton Keynes, MK11 3LW, UK
UKHW021119230726
13926UKWH00002B/554

9 782014 101072